君、死んじゃだめだ!!

佐藤由美子
Yumiko Sato

文芸社

君、死んじゃだめだ!!

もくじ

はじめに

この小冊子を
先輩である
向田邦子さんに寄せて記す

ああおねえさま　おねえさま
志半ばで異国に散った
せめてあなたの言《こと》の葉学び
書くも恥ずかしペンを執る

エッセイ

かずちゃん

私の母は名を和子という。日本の女性名でも多い方の一、二番に位置する名前である。ある日ラジオを聴いていたら、アナウンサーらしい若い女性が、

「あなたは素敵なお名前でいいですね。私の和子なんか本当に平凡な名前で、嫌になってしまいますよ」

と言っていた。この名前には、そう思う人も多いかもしれない。でも母は違う。いつか母は、独身時代勤めていた会社の友人に久しぶりで連絡が取れ、その人に電話した時こう言っていた。

「私、昔あなたと一緒に働いていたかずちゃんですけど……」
と。
友人にそう呼ばれていたのだろう。だから母は、少しもその名を嫌ってい
ない様子が、この言葉から私には窺えた。母の素直な性格が感じられた。そ
んな母が私は好きだ。
ところで、そういう私の名はというと、やはり平凡な由美子。私が生まれ
た時、父母は占い師に見てもらってつけた名だという。しかし元々の名は、
友光子《ゆみこ》という字だったそうだ。ところがこの名前、当時いろんな人に「何て
読むんですか?」と聞かれたという。
それで漢字を由美子に変えたのだと聞かされた。
正式な場合では、由美子と書いているが、ちょっとしたことに使う名前や
ペンネームなどには、友光子と書いたりしていることがある。どちらも私の

好きな名前だから。

祖母の思い出

私は祖母が七十歳の時に生まれた。初めての内孫である。そのせいかとても可愛がってくれた。幼い私をおんぶして笑っているおばあちゃん。記憶にはないが、セピア色にあせた写真が残っている。弱虫だった私がどうか強くなるようにと、毎日仏壇の前に座っては、読経のあとに祈ってた。

私の知らぬ間に祖母は、乏しい小遣いの中から、私の名前で預金をしてくれた。新聞に入っていた嫁入り道具の折り込み広告を、たんすの奥に大事にしまっていた。そして、時々出しては私に見せ、「いつか買ってあげるよ」と、ニコニコ背を丸めていた。

なのにその約束も果たすことなく、私が十七歳の夏、祖母はひとり静かに天国へ旅立った。棒のようにやせた身体。ずらした枕のその下に通帳が入れてあった。私は、決して良い孫ではなかったのに……。寝込んでから二年半もの間、何もしてあげられなかった。ごめんね、おばあちゃん。許してこんな私を。

祖母は和裁ができた。若い頃から手仕事にして、他人の着物などを縫っては家計の足《た》しにしていた。年を取ってその必要がなくなっても、いつも陽の当たる縁側で針を動かしていたっけ。

その生涯は、必ずしも恵まれたものではなかった。後妻として嫁ぎ、佐藤家の栄枯盛衰を見守ってきた。夫の暴力、愛娘《まなむすめ》の二十三歳という早過ぎる死、放蕩《ほうとう》息子の道楽、等々。

そんな祖母にとって、何よりの楽しみといったら、温泉に行ってひと風呂浴び、そこの広間で芝居見物をすること。土産に買ってきてくれたこけしが、人形ケースに収まってる。

おばあちゃん、今頃極楽で御仏になったことでしょうね。由美子ももう五十四歳になりました。

かなしい時は……

私はかなしいこと、さびしいことがあった時は、ふと思いたち昔からのアルバムを開いてみる。母に抱かれた赤児《あかご》の頃、祖母に背負われた幼少の頃、そして父と手をつないで写っている三歳の節句の時……。そうこの家族に愛され、守られて育ってきたのだ。私は独りじゃないんだ。貧しい暮らしをしていたのに、三歳の私の節句のために、着物を作り、履き物を買い、頭に花の飾り物をつけて祝ってくれたやさしい父母。家族のために洋服一つ買わずに一日中立ち働いてくれた母。子供達が学校に入ると、三人分の弁当を、おいしい弁当を、物が乏しい中で毎日作ってくれた母。

なのに私は、一時期この両親に反発したことがあった。私が二歳と二ヶ月の時双子の弟達が生まれ、人より倍の忙しさにかまけて、ほとんど面倒を見てくれなかったことへの不満。食べていくだけが精一杯であって、年頃になってからも、おしゃれをさせてもらえなかったことへの不平。そんな言葉は、言う私より聞かされた両親の方がつらかったであろうに。わかっていてもつい八つ当たり。

若い頃の私は父母の稼いだお金を、他の人の物事に使うことが嫌いだった。もったいなくて使えなかったのだ。でもいつしか私も年を取り社会人となってからは、お金は自分で稼いで人のために使うものということを知った。それからは、他の人に喜んでもらえることの嬉しさを、心底感じたのである。

こうして社会の人達、家族の人達に恩恵を受けながら、私達は日々それぞれの人生を営んでいる。だからあなたも、もし何かにつまずいた時には、多くの人に支えられてきた来し方に思いを寄せ、かなしい時も、さびしい時も、負けないで生きてほしいのです。

人　形

我が家のテレビの上に、手作りの小さい犬の人形が四匹のせてある。同じ色形をしたもの二匹、赤い色をしたもの一匹、茶色のブルドッグが一匹。それを見て私は言った。

「あの同じもの二匹は弟達。赤っぽいのが私。そしてブルドッグがお母さんだ」と。

うまい具合に四匹並ばせたものである。

私のタンスの上に、ガラスの人形ケースがある。子供の頃、父にボーナスが出ると、家族でデパートへ行き、小さなこけしとか人形とかを買ってもらったものだが、それらや母の編んだ犬の編みぐるみ、私の作った薬玉《くすだま》、修学旅行で買ってきた長崎の「蝶々さん」、宮崎のひえつき人形、土佐のはりまや橋の置き物等々。それらがびっしりと入っているのである。

一方そのガラスケースの上に、これもまた大きな人形が飾られている。家の隣に住んでいた奥さんがくださったフランス人形、親類の伯母がくれた博多人形、ふとん屋さんがふとんを買った時くださったポーズ人形、そして従姉妹が作ってくれた日本人形……。

そういうものを買い求め、あるいはいただいてはこのケースに収めてきた。

今ほしいのは、東北地方で売っている民芸品の大きなこけし。何でも職人さんは、娘を嫁にやるような気持ちで、一つ一つのこけしに色づけをしていくとか。ぜひ一つ私も買い求めたいものである。

校長先生の思い出

「車は忙しい人が使うものだ!」

それは私が入学した横浜にある中・高一貫教育の女子校、神奈川学園の中学の入学式典時のことだった。

車が校庭に何台も置かれているのをご覧になって、校長先生がそうおっしゃったのである。

真新しいセーラー服を身にまとった私は、

「車で来た人は耳が痛かったでしょう」

と、母と語りながら帰途についた。しかし私は校長先生のこのお言葉を、その場限りで忘れてしまっていた。

入学してまもなく、校舎の隅に古い質素な家があるのに気付いた。そしてそれが校長先生のお住まいと聞いて、なおさら驚いた。なぜなら、校長先生というほどのポストにある方なら、広い邸宅にお住みになっておられるのだろうと、そんな先入観があったからだ。ある日、そのお宅が撤去され、跡地に中・高としては異例の素晴らしい講堂が建てられた。転居した校長先生の新居が、小さな庵《いおり》であることは想像にかたくなかった。

文化祭、球技大会、運動会、水泳大会、遠足、修学旅行……等々。一連の行事に彩られ、六年間の学園生活はまたたく間に過ぎ行き、春三月、私達はその講堂で、校長先生から一人ひとり卒業証書を手渡された。

卒業後、私は渋谷にある短大の国文科に入学した。ある日、腹痛がして午後の講義を休み、学校の前にあるバス停からバスに乗った。

その中に、何とあの校長先生が、教頭先生はじめ、他の三、四人の方と共に乗っていらしたのである。駅に着き、〝ごあいさつがしたい、でも知らない方もいらっしゃるし……〟。結局内気な私は、その場を足早に通り抜け、東横線に乗り込んだ。少しして校長先生方も、乗り込んでいらっしゃった。勇気を出して一言、〝ごきげんよろしゅうございます〟と申し上げればよかったと今にして思う。

私は、自宅のある綱島で電車を降りた。この時、私は思い出したのだ。入学式の時の先生のお言葉、

「車は忙しい人が使うものだ！」

というのを。先生は八十近いお年であっただろうに。その位のお年になられれば、車を使ったって、誰も文句を言ったりしないだろうに。先生は六年前のお言葉を、きちんと守っていらしたのだ。このような偶然の巡り合わせが

なければ、私はこのお言葉を、思い出すことがなかったであろう。もしかしたら神様が、巡り合わせてくださったのかもしれない。

港を見下ろす小高い丘の上に、我が母校は、今もその優雅な佇《たたず》まいを見せている。だが、あの校長先生はもういらっしゃらない。愛に満ちた慈悲深いお顔は、菩薩如来のごとき輝きを帯びて、卒業写真の中に、永遠に収まっている。あの時の偶然が、先生との今生《こんじょう》の別れとなってしまったのだ。

女教授

Ｉ教授からは、『平家物語』を学んだ。

歴史物のあまり得意ではない私。でもこのＩ教授の講義はそんな私をも、退屈させない御人徳があった。何でも昔の女学校を卒業する時、先生は、

「女が学問をしてどうするんだ。何の役にも立ちはしない」

と言われたとか。でもそれを押し切って、田舎から東京へ出ていらしたそうな。私が学んでいた当時、お年は六十代半ばぐらい。独身を貫き、民間のアパートにお一人で住んでいらした。いつも和服を召していらした。時たま、学生達が喜びそうな芸能人の話などをされたりもした。

M助教授からは、『徒然草』を学んだ。

「まあどこへ行っても女が馬鹿にされるものですから、学歴だけでもと思い、大学院まで参りました。父は、『フランス語とかピアノとかでも習っていたらいいではないか』と申しましたけれど、それを背に受けてでございましたが……」

私が学んでいた当時、お年五十代半ばぐらい。若くして御主人を亡くされ、お嬢様と二人暮らし。縁あってここの女子大に来られたそうだ。

「みなさんおデートしにいらしたのではないのですから、特におしゃれなどに気をつかわなくてもよいのです。洋服やヘアースタイルなども簡単なもので宜《よろ》しゅうございましょう」

と御自分はいつもお河童《かっぱ》頭にしていらした。

私はこの女子大に入るまえから、江戸時代から広まったと言われる男尊女卑の慣習などに反発していた。それで、婦人問題研究会、略して〝婦問研〟というのがあったので入ろうかと思った。結局は訳あって入らなかったが、女教授というのはどなたもみな、I教授やM助教授のような観念、信念を持っていらっしゃるのだろうか。でもI教授はおっしゃる。

「男を立てて行動するようになさい」

考え方は進歩的なのに、行いは明治時代の婦人のごとく男を立てる。そんな理想的な女性に、私はあこがれをいだいた。言うことは誰にでもできる。でもそれを行える人は、果たしてどれだけいるのだろうか。

Nクン

この町も変わった。十五年前は小さな一町村にすぎなかった横浜の綱島も、今ではすっかり模様替えをしてしまった。ローカル線の停車場さながらであった駅は、広さも高さも倍の大きさに改造された。駅ビルには軽食コーナーや土産物店まで設けられた。そこを皮切りに、スーパーマーケット、銀行、喫茶店、ホテル、マンション、スナック、大型家具店と次々に造られていった。今やそんな数々の聳《そび》え立つビルが町並を埋め尽くした。それでもまだ空地を見出しては、建設計画が進められている。

最近では小学校も新設された。それで、新しい方が綱島東小学校と名付けられ、古い方は今まで通り綱島小学校と呼ばれた。後者が私の母校である。

私がその綱島小学校の一、二年生であった頃、クラスにN君という男の子がいた。その子の家は、私の家から歩いて五、六分の所にあった。N君は、三人の男の子と一番下が女の子という兄弟の三番目であった。二番目のお兄さんは、うちの近所のJちゃんと同級生で、仲が良かったらしい。

N君とは、三年生になってクラスが替わってしまった。四年生も終わりに近付いたある早春の黄昏時のまだ肌寒さは感じられたが、南風が吹くほんのりと暖かい夕べのことだった。私が母と近くの商店街に買い物に出かけ、うちの前の土手まで帰ってくると、偶然、N君と六年生の二番目のお兄さんと、近所のJちゃんとが遊んでいるのに出会った。でも私は、一、二年生の頃、ただの同級生として時々口をきく程度であったし、その時はクラスも違っていたので、何ら言葉をかわすこともなく、土手を降りて行こうとしていた。その時、通りすがりに、その兄弟がお互いに〝Kちゃん〟、〝Yちゃん〟と呼び合っているのが聞こえた。それほど仲の良さそうな兄弟であった。

やがて私は家の中に入ったが、なぜかその兄弟のことが気になって仕方なかった。二、三年前には机を並べたN君、そのお兄さんのKちゃん。そして幼児の頃、一緒に遊んだこともあるJちゃん。そんな三人が一体何をしているのか、何を話しているのか、何となく興味が湧いてきたのである。でも私は、子供心の恥じらいから、彼等に自分の姿を見られることに多少気おくれがしていたので、窓を少しだけ開けて、そっと隠れるようにして土手を見上げた。その時、あのお兄さんだけが、私の家のあたりを無心に眺めながら、一人佇んでいたのである。

だがその日以来、N君一家は、卒業間近にあったお兄さんを近くの家に預けて、どこかへ越して行ってしまった。

それから少し経って、小学校では卒業式の日を迎えた。私達の学校では、一年生から三年生までは各学年の総代が、四、五年生は全員が在校生として出席することになっていた。細長い講堂の右側には、卒業生達が来客用の柔らかい布張り椅子に腰を下ろし、左側には在校生達が、教室で使っている硬い木椅子に腰をかけて、向かい合って座っていた。そして前方が舞台、後方が父兄席となっており、中央の隙間には数脚の机が置かれ、その上には豪華な花が飾られていた。

卒業生達は皆、進学する中学の制服を着ていた。大部分の人は公立中学へ行くので、男の子は詰襟の学生服、女の子はジャンパースカートに上着を着ていた。時たま、私立へ行く人の異なった校服が、ちらほらと目についた。

そしてそれぞれの胸元には、朝登校してきた時、在校生に門の所で「おめでとうございます」と言われ付けてもらった、小さなバラのピンク色の造花が飾られていた。

やがて式典が始まり、『あおげば尊し』の曲の流れる中を、一組から順に、卒業生の名前が呼ばれていった。後ろの席から前の席へと出席番号順に座っていた。〝はい〟と返事をして、次々に起立していく卒業生達一人一人の顔がよく見えた。

一組が終わり、二組そして三組の番が来ると、このクラスの担任である先生のきれいなソプラノの声が響いた。ア行、カ行、サ行……ついにワ行まできて、全部の名前を呼び終えると、先生は最後に一言、一番前の席に座っていたN君のお兄さんの名を付け足した。

四年生の席の後ろの方で、長い点呼に飽き飽きし、半ば気をそらしていた私は、この時はっとして思わず声のする方に目をやった。

〝ああN君のお兄さんだわ〟とただそれだけの感慨で注視した。その姿は他とは異なり、紺の背広を着てネクタイを締めていた。

〝どうして最後に一人だけ付け加えるように呼ばれたのかしら、……一組にも二組にも、そういう人が一人ずついたのかしら……〟〝なぜあのお兄さんだけ、詰襟でなく背広を着ているのかしら〟

男子中学生の制服に、背広など考えつかなかった私は、そのお兄さんが一人だけ、よそ行きの私服を着て来たかのように思えた。当時はまだ、小学生の子供の外出着として、背広にネクタイなどあまり着用されていなかったので、その姿がとてもモダンに見えた。そんなことをあれやこれやと、漠然と考えているうちにいつしか最終組の点呼も終わっていた。

再び全員が着席すると、マイクから、

「これから校長、来賓、父兄代表の挨拶があります」

という声がした。ありきたりの、しかしどこか子供心にも印象に残る祝辞が、次々と述べられていった。その後《あと》、各学年の代表による在校生の送辞があり、いよいよ卒業生の答辞が読まれる時がきた。答辞といっても、私は誰かが一人総代で述べるのだろうと思っていたのだが、さにあらず、次のような要領でなされていったのである。

まず卒業生が全員起立した。それから各組の最前列にいた人が一人ずつ、それぞれ二、三歩前に進み出た。三組からはあのお兄さんが出た。そして皆がきちんと整し終わると、十秒位の沈黙を経て……、

一組の代表者　「今日は私達の門出です」

卒業生全員　「門出です」

二組の代表者　「待ちに待った胸躍るこの日」

卒業生全員　「私達は嬉しさでいっぱいです」
三組の代表者　「懐かしの綱島小学校、在校生の方々」
卒業生全員　「皆様ありがとうございました」
四組の代表者　「お世話になった先生、お父様、お母様」
卒業生全員　「永い間のご恩は忘れません」
一組の代表者　「楽しかった春の遠足、秋の運動会」

と、すばらしい答辞であった。初めて卒業式というものに参列した私にとって、その最高潮をなしたこの光景は、当分の間心に焼きついて離れがたいものとなった。

他のどのクラスよりも、三組の代表者の声は、落ちついて含蓄のあるように感じられた。

〃あのお兄さんはクラスの総代だったので、すぐ出られるように、一番前の席にいたんだわ。だから名前も最後に呼ばれたんだわ〟と、私は思った。

第一の疑問は解決したものの、もう一つの疑問は依然私の心に残ったまま、プログラムは滞りなくめくられて、卒業生達は、それぞれ証書を手に、在校生の奏でる『蛍の光』の楽器演奏の中を、退場していった。

四月、新学年が巡り来て、五年生になった私は、T先生のクラスになった。ほっそりとした長身の方である。始業式で、五年生担当の先生方四人を紹介された時、私は心ひそかに〝T先生だといいなあ〟と思った。全校で歌を歌う時など、いつもこの先生が指導し、指揮をなさっていたので、他の三人の先生方より、親しみがあったのであろう。

先生はこの三月まで、受け持っておられた前のクラスのことが、余程お好きだったらしい。厳しさと優しさを持つT先生に、五年生、六年生とみっちり仕込まれて、そのクラスは卒業時には申し分のない、お気に入りのクラスに仕上がっていたらしい。それに較《くら》べて、私達のクラスを、歯がゆく思われたのだろうか。最初の頃はよくこんなことを、言われたものである。

「私が前受け持っていた組は、中学生になろうという気概を持っていた人達でした。でもあなた達は、まだ四年生から上がってきたばかりの子だから、こんなこと言うのは無理かもしれません。でも前の組の人達は、先生に言われなくても、自分達でどんどんと、学級内の仕事などをやっていきましたよ」

先生がそんな自慢話をなさるたびに、私は、おそらくそんなクラスのリーダーであっただろう、あのお兄さんのことを思い出した。

私達は建て増しされたばかりの、新しい気持ちのよい教室にいた。その片隅に、皆が『学級文庫』と呼んでいた小さな本箱が置かれていた。その中には、学級費で買った本がたくさん詰まっていた。そして図書係を作り、本の貸し出しまでやっていた。

ある日の休み時間、私が本箱をあさっていると、仲の良い友人が端の方に置いてあった一冊を取り出し、パラパラとページをめくりながら、私に言った。

「ねえちょっと、これ面白そうよ。一緒に読んでみない?」

見るとそれは、先生が前に受け持っていらしたクラスの卒業文集であった。そして、友人が指し示したページには、先生が巣立ち行く教え子一人一人に寄せた一言が載っていた。

個人個人に呼びかけるような調子で、それは書かれてあった。短い言葉ではあったが、さすが二年間教え導いてきた教師らしく、各々の児童をよく観察した、優しさと厳しさの感じ取れるものであった。

O君、あなたは他の学科はあまりできなかったけれど、社会科だけはいつも、誰にも負けずよくできましたね。社会科のチョロさん頑張ってね。

Aさん、あなたはとても手芸が好きで、上手だったわね。いつも素敵な手製のバッグを持っていましたっけ。お元気でね。

そんな文章を友人と共に、時にはこっけいな表現に笑い合いながら、読んでいた私の心に、当然ある小さな欲望が湧いてきても不思議はなかった。〝そうだわ、N君のお兄さんのことだって、書かれているはずだわ。何て書いてあるのかしら〟ずらりと並んだ名前の中から求めるものを見つけ出すのに、時間はかからなかった。

N君、お勉強するのは結構。でもうちの中ばかりいてはいけません。たまには外に出て遊びなさい。ほら、お陽様がニコニコ笑っていますよ。

瞬間私の脳裏には、土手で春風に吹かれて遊んでいたあのお兄さんの姿と、卒業式の時、代表で答辞を述べていた、その色白の顔とが浮かんで来た。〝へええ、あのお兄さんて、そんなに勉強家だったのかしら〟お兄さん、そうあのN君のお兄さん、この時もやはり、ただそれだけの気持ちで、私は思い出していたのである。

それから二年、三年。歳月の流れに任せて、私はN君一家のことなど、すっかり忘れてしまっていた。そして私も中学一年生となり、時には友と学校の行き帰りに、大人の世界をちょっぴり、覗かせるような話をしては、喜び驚き、好奇心を抱くような年頃となっていた。

暮れも近い十二月のある日の事。母が何気なく話のついでに、私にこう言った。

「前に、あそこにNさんて住んでいたでしょう。あのお父さん亡くなったって聞いたわよ」

近所の乾物屋の奥さんからの、風の便りであった。〝Nさん？　ああ、そういえばN君っていたっけ〟

「そうなの。あのお父さんが、そう……」

という私の言葉に、母はまたこうも言った。

「何でも子供さんが学習院へ行ったとか……」

〝学習院？　子供が学習院へ行った？　あの家に子供は四人いたはずだけど……そうだわ、学習院へ行ったというのは、きっとあの二番目のお兄さんに違いない〟母の言葉から、私は様々なことを考え思い起こしていた。

〝そういえば小学校の卒業式の時、N君のお兄さんだけ、背広を着てネクタイをしていたわ。今から思えば、あれはきっと、学習院の制服だったんだわ〟

三年前、解決されないままに、いつしか心から消え去ってしまっていた、あの時の第二の疑問が解けた。

この日から、再び私の心の中では、今はどこにいるのかもわからない、あの兄弟のことが去来するようになった。しかし不思議なことに、弟さんの方ではなく、お兄さんの方がより強く、心に蘇ってきたのである。

でもその感情は、もはや昔のような、単なるお兄さんというものではなかった。中学三年生になっているはずの、その人自身に対する憧れとなっていたのだ。恋！　初恋！　今まであまり、いや全く知らなかったそんな言葉が、私の語彙《ごい》の中に新しく加えられていた。

実際にその人に会って、その人を理解し、愛情を抱くというような大人の恋、真実の恋ではない。幼い日の、おぼろげな記憶を基にして、現在のその人を想像する。しかもそれを無意識のうちに、少女の自分が理想とするような男性だと勝手に想定してしまう。その虚像を「恋」という、新参の今までに用い方を知らぬ言葉で包み込んでしまう。それは偽りの感情に過ぎなかったのだろうか……。

しかし少なくとも私は、この時生まれて初めて、異性に対する特別な気持ちを意識したのである。私の心の中に、蒔《ま》かれていた恋の種が発芽したのだ。まだ誰にも触れられていない、何者の干渉も受けていない、その存在すらようやく気付く位の、小さな柔らかいもの。しかし植物が芽を出し茎を伸ばし、花を咲かせ実を結んでいくように、その若葉もこれから四方八方に、手を伸ばしながら成長していくのだ。〝それにしてもNさん一家は、今どこに住んでいるのかしら？〟と思った。

三ヶ月後、N君のお兄さんが中学生から高校生に、私が中一から中二になる春休みが来た。ある日の午後、郵便受けの差し入れ口の金属蓋がカチャンと鳴る音に、郵便屋の到来を知った私は、いつものように、急いで郵便物を取りに行った。そしてそこに入っていた二、三通の葉書を手にすると、その場でそれぞれの宛て名を確かめた。

〝あらまた一枚間違って来ているわ〟

実は私の所の番地には、私の家と同姓の家がもう一軒ある。と言ってもその名前というのが、日本に多い名字のベストスリーに入る平凡なものであるので、同じ番地に同名の家が、二軒位あっても別段不思議はない。とにかくそのために、時々両家の郵便物が、間違って配達されることがあった。そのもう一軒の家というのが、Ｊちゃんの家なのである。

その日誤配された葉書の表書きに、Ｊちゃん宛てのものがあった。そして何気なく差出人の名前を見た時、私は一瞬我が目を疑った。

何とそこには、N君のお兄さんの名前が書かれてあったのである。

人の手紙など読んではいけないのだけれど……そう考える時間ももどかしげに、私の手は葉書を裏返し、目はその文字を追っていた。

「……入試も終わり、僕は今暇がありすぎる位あって、毎日家でのらりくらりと過ごしています。そこでよかったら、今度一度そちらに遊びに行きたいと思うのですが、都合のよい日を知らせて下さい……」

そんな内容であった。そして最後に電話番号が書かれていた。

一字も見逃すまいと、何回も繰り返し読んだ後、私は再び葉書の住所を確かめた。彼は東京のO町に住んでいた。どこかずっと遠くに行ってしまったように思っていたのだが、意外にもこの町から電車で三十分もかからずに行ける所だったのである。

いつもならすぐに、Jちゃんの家に届ける手紙も、その日はそうはしなかった。私はまず母に見せに行った。

「ねえ、この葉書Jちゃん宛てのものが、間違って入っていたんだけど、このN・K君て前あそこに住んでいた、Nさんのうちの人じゃない？　Jちゃんと同級生で、仲良くしていたらしいから」

「ああきっとそうね。どこに越したのかと思ったら、O町の方へ行ったの……」

そんな会話の後、私は自室に戻ると、住所と電話番号を写し取った。そしてもう一度裏面を読んだ。

「……入試も終わり、僕は今暇がありすぎる位あって……」〝入試も終わりって書いてあるけど、どうして高校入試なんかあるのかしら。学習院の中等科に入ったのなら、無試験で高等科に進めるでしょうに、エスカレーターで行くのではなくて、やはり入試をするのかしら。それとも学習院には行かなかったのかもしれない……〟

住所がわかったからといって、手紙を出そうというわけではない。電話番号を知っているからといって、電話してみようというのではない。とてもそんなことなどできる私ではなかった。またもしできたとしても、彼は、私のことなどおそらく知らないだろうから。そういう行為はむしろ失礼になるであろう。

特別の下心はなかったが、ただ偶然舞い込んできた一枚の葉書によって、せっかく居所がわかったのだからと、写し取った紙片を大切にしまい込むと、私は、その葉書をJちゃんの家に届けに行った。

「おばさん、これ間違って入っていました」

「あらそう、すいませんでした」

その日から少しの間、Jちゃんが庭で友人らしき人と一緒にいる時など、どうしても私の目は、ちらっとその人の方を見てしまうのであるが、来たのか来なかったのか、N君のお兄さんらしい人はとうとう見かけなかった。

Nさん一家が住んでいた家は改造されて、料亭となった。したがってそれからは、そこを通りかかると、黒塀の中から時々三味線の音などが聞こえてくるようになった。でもその塀も、五、六年後にはすっかり造り変えられて、今ではもう、当時の面影は全くなくなってしまった。

またたく間に三年が過ぎた。その間N君のお兄さんに対する感情も、単なる幼き日の思い出プラスアルファ程度のものとなり、時たま心に浮かんでくることがある位のものとなっていたのだが……私も早、高校二年生になっていた。

あれは六月、梅雨時の雨上がりの、清々《すがすが》しい土曜日の午後であったと思う。学校から帰って来た私は、昼食がわりにか、おやつにか、台所でホットケーキを作っていた。開け放たれた窓からは、初夏のさわやかな大気が入り込み、時折頬をかすめては、快い涼風を感じさせた。そんな中でケーキ作りの手をせっせと動かしていた私は、その合間に何気なく窓の外を見やった。窓からは二軒の家の間にJちゃんの家が見える。そして我が家と隣家の家の間からは土手が見えるのである。

久しぶりに雨が止んだ感慨で、こうして一通りあたりを眺めまわしていた時、私の目はふと一点で止まった。Jちゃんの家の庭に、一人の若い男性が立っていたのである。植木に隠れて顔はよく見えなかったが、姿勢よく背筋を伸ばして、真っ白な半袖のワイシャツを着て、きちんと折目のついた濃紺のズボンをはいていた。清潔な礼儀正しそうな感じの人であった。するとその時、その家の玄関の戸がガラガラと開いて、中からJちゃんが出てきた。

と同時に奥の部屋の方から、Jちゃんのお母さんの「またいらっしゃい」という声。

私ははっとした。〝もしかしたらN君のお兄さんではないかしら……〟そう思う間もなく、その人とJちゃんとは、連れ立ってその場を去って行った。そしてすぐに二人の姿は、建物の陰に消えてしまった。

後を追いかけて行って、偶然通りかかったようなふりをしながら、その人の顔を見ることだってできる、確かにできるだろう。しかし私にはできなかった。そんな芸当を、何のとがめ心もなくやってのけられるほど、少女の私はまだ恋に馴れてはいなかった。再びケーキ作りにいそしむことの方が、私には似つかわしかった。

ほんの一瞬、建物の間の四角な空間に、まるで紙芝居の一齣《ひとこま》のように描き出された情景。でもなぜかあの日のことは、今でも忘れられない。そして私にはどうしても、あの時見た男性がN君のお兄さんであったように思えてならないのである。

もう夏を思わせる明るい空。しっとりと雨に濡れた木々の若葉。ホットケーキの甘い蜜の香り。それらがとけあって、見事なコントラストをかもし出し、垣間見た青年の姿を通して、しばし私を初恋の想いに酔わせてしまったのかもしれない。

以後、N君のお兄さんに関する思い出も全くないままに、年月の流れはただ早く過ぎていった。

この町はすっかり変わってしまったが、小学校やあの土手は、少しも変わっていない。そして今もあの頃と同じように、学校や土手では子供達が、元気に学び遊んでいる。

未婚

A　高校一年の時、伯母に孫ができた。母と二人でお祝いに行った。伯父曰《いわ》く、

「お宅だってすぐだよ、すぐだよ」と私を見て言った。

B　高校二年の時、書道の時間に、私の書いたものを直して下さったあと、年配の男の先生が、

「あんなのすぐ結婚しちゃうよ」

と、他の生徒に私のことを言ってらした。

C　高校三年の時、友人と一緒に駅のホームで電車を待っていたら、友人が

私に言った。

「クラスの中ではなく、学年中でも貴女が一番早く結婚すると思うわ」

これらの言葉を聞いて、私は口惜しかった。憎らしかった。早熟で男を求めるしか能のない女のように思われて嫌だった。負けたくなかった。意地でも人より遅く結婚しようと思った。

私、現在御年《おんとし》五十四歳、未婚。

その後、
Aの伯父、伯母のあの時の孫、とっくに結婚し、子供もできたのに離婚し、新たに今花婿さがし。大学で習いおぼえたピアノの先生をしながら、両親、子供とともに暮らしている。私がまだ未婚だというのに私より先に……。伯父、伯母は今は亡い。

Bの先生。書道の腕は一流、でも私のことを〝あんなの云々〟と言ったが、私がまだ未婚のうちに亡き人に。

Cの友人。私は未婚なのに、彼女はとっくに結婚し、三年前に孫ができたとの知らせ。

どうです。私のこと、これらの人達は覚えているかな、いや忘れているかも。でももし私が一生結婚できなかったら、少しはアナタ達にだって責任があるんだ。何の気なしに言った一言でも、相手をきずつけ、卑《いや》しめることだってあるんだ。私だって誰かにそんな一言を言ったことがあるかもしれない。自分ではわからなくても。だから許しましょう、この度は。でもこれからはもっと思いやりのある人になって下さい。

おとなしい人は……

おとなしい人は、おとなしいと言われるのを嫌う。私もその内の一人。

「誰にだって短所はあるでしょう。なんでわたくしだけ言われなくてはならないの」

「おとなしいだけが長所で」

短所にも長所にもとれる言葉である。

「あの人無口だから話していても返事が、『うん、そう』とだけで話にならなくてつまらないんだもの」

「そんなこと言っちゃあ駄目よ。生まれつき無口な人もいるんだから」

「無口な子は、親が無口な場合がありますよ」

そうなのだ。我が家は父が無口、私が無口、弟達が無口なのである。無口でないのは母だけ。母だけが話上手、社交的なのだ。

ある医学生は言う。

「無口でおとなしい人は、言語能力が人より劣っている、発達していない」と。

でもそういう人は、えてしてがまんづよい。そして、人の悪口を言わない優しいところがある。そして女性は往々《おうおう》にして嫁に求められたりもするのである。

これからはこういう人に、嫌がられるのを承知でわざとそんな言動をして、失礼なことをするなかれ。

恋愛カルテ

〝目は口ほどにものを言う〟なるほどそうだ。特に恋をしている人が、その相手を見る時のまなざしは、隠そうとしても隠しきれない。

ちょっとそこ行く太った体格のいいおにいさん。今話をしていたあの女の娘《こ》のこと、好きなんでしょう。他《ほか》の人には秘密にしておきたくっても、あの時のあなたの瞳がそれを物語っていましたよ。

こわいものなしといった、心身共に剛健な人であっても、そんな可愛いところがあるのね、ウフフ。

それでは私の恋愛カルテ、早速ご覧《ろう》じ奉《たてまつ》りましょう。その目がアマァーク夢見ているようで、そっとヤサァーシクほほえんでいるようで、そうでしょ、そうなの、そうでした。

ズバリ命中、百発百中。でもそれを見ぬいた私でさえも、治してあげられる力はありません。薬も注射もありません。だから競争率が低いうちに、早く奪って取ってしまいなさい。親衛隊がてぐすねひいて待っていますよ。

親孝行

今、自分が不幸せ、思うように生きられない、皆に馬鹿にされているようだ、辛い、どうしたらいいかわからない、いっそ死んでしまいたい、等々。そんな境地に立たされている、そんなことを思っている、そんな状態にいる君に、あなたに。ちょっと考えてみてごらんなさい。親に心配をかけていませんか。親を悲しませていませんか。親孝行をしていますか。きっとその答は〝ノー〟でしょう。

グレてしまった君、家出をしてしまったあなた。一つでも二つでも親孝行をしてごらんなさい。自分が変われば相手も変わる。きっと。産んで育ててくれた親御さんならわかってくださいますよ。そして徐々に氷もとけてくるでしょう。親孝行をしなさいと言ったって、何も特別なことや、金のかかることを言っているのではありません。よろこんでもらえそうな小さな行い一つでよいのです。誕生日や母の日や父の日に、花をあげたり、洋服の一つでも買ってあげたりとか。あるいは贔屓《ひいき》の役者や歌手などの出演する、舞台、ステージの鑑賞、さらに温泉旅行、等々。

きっとだんだんと、君の、貴女の心身も、素直に勤勉になってくるでしょう。騙されたと思ってやってごらんなさい。人生もその時よい方へ変わっていくにちがいありません。現にこの私がそうなんでしたから。幸せの根源は親孝行からです。

おしゃれ

「佐藤さんて、意外とおしゃれだね」

「フフフ、そうかもしれない」

父も母も弟達もおしゃれでない……どころか、新しい服を買っても恥ずかしがって着ないのだ。なのに私は。そう、きっとそうだ、祖母に似ているのだ。生前七十を過ぎていた頃も、毎日のように鏡の前に座っては、クシで髪をセットし、満足気にほほえんでいた祖母。八十を越えてからもなお、どこかへ出かける時は、きちっと着物、羽織を着こなしていた。

そんな中で、地味な性格の私が、時折ど派手な服を着たり、日にいく度も鏡をのぞいて見たりしていると、まわりの人達は皆驚くのだ。「あんなおとなしい人が、あんなケバケバしいものを着たりして」と。

娘時代、一歳上の従姉妹のお古を着せられた。それが嫌でたまらなかった私は、

「どうしてFちゃんのお古ばかり着せられるのよ。新しい洋服買ってよ」

と欲求を母にぶちまけた。

ある日何気なく週刊誌をめくっていた私は、一つの記事に目をとめた。当時人気絶頂だった天地真理さんのお母さんの話。〝女手一つで天地真理を育てた十九年〟というのである。

「片親だからとイジメを受けたりすることのないように、ひもじい思いをさせないように、ピアノでも洋服でも靴やバッグでも、どれも上等の舶来物を買い与えていました」

とのこと。私はその話を母にした。そうしたら母は、パートの仕事が休みのある土曜日の日、デパートへ出かけ、私のものを買ってきてくれたのである。両手に二袋ずつ持って。洋服、靴、バッグ、イヤリング等々。開けてみると、まるで女王陛下がお使いになるような超高級品ばかりであった。

私のおしゃれも年とともにだんだん収まりをみせてきたが、社会に出て自分でお金を稼ぐようになってからは、不思議と自分のものを買う意欲は失せた。矛盾するようだが、母にその分買ってあげるようになった。母の日には鉢植のカーネーション。誕生日にはトランジスタラジオ。そして街の通りを歩いていた時、小さな洋品店で見つけたレースのカーディガン。高いものは、私の収入では買ってあげられないが、母はどれも喜んでくれた。まあ、〝受くるより与うるは幸なり〟といったところか。

先　生

〝自分以外は皆先生〟とかいう言葉を聞いたことがある。誰にも学ぶところはあるものだというような意か。私もいろんな人とこれまで出会ったが、一体全体その中の何人の人から、どんな教えを説かれたのか。

Nさん

私がある所で団体生活をしていた時、母が面会に来てくれましたよね。そして母が帰ろうとして部屋を出て行こうとした時、あなたはそのうしろ姿に頭を下げてくれました。母の背中におじぎをして下さったのですね。自分にそうして下さるより嬉しかったことでした。貴女からは、どんな人にも礼をする、わかってもらえない時だってそうすることを学びました。

Tさん

よく水を飲む方ですね。水分は取りすぎても取らなすぎてもいけないとか。貴女《あなた》位一日に水分を補給したらいいのでしょうね。私は水分をもっと取るように言われたことがあります。今までほとんど、三度の食事以外に飲料を取らなかったのです。私、便秘症です。貴女は全然便秘はしないとか。私もこれからはそうしてみましょう。

貴女を見習って。大体ふつうのコーヒーカップ六杯分位が一日に必要な量とか。

Tさん

小さい頃からピアノを習っているとおっしゃってましたね。でもまだ貴女や私が小さい頃はピアノは高価品。家にないのでオルガンで練習していると か。オルガンを習っていた私とは小さい頃からの友人同士。時々会っては二人で弾き遊んだりしましたね。けれどもやはりピアノはピアノ。オルガンと弾き方が違うのです。ピアノが早く欲しいけど、今年は駄目、来年だと言われたとか。それを我が儘言わず素直に受けた貴女でしたね。親に反発ばかりしていた私は脱帽です。

Hさん

子供の頃はまだわからずじまいでしたけど、大人になるにつれていやしい心の人になった貴女。それがわかるようになってから付き合いをやめました。こちらまで心が醜くなってしまうような気がして。ちょっとしたことで私がフフフフと笑っていたら、〝何笑ってるのいやらしい〟と私にささやいたのだ。一人言のようにして。なるほど私は自分の性格を明るいと見せるようにしてそうしたのに、人から見たらそれはいやらしい笑いとしかうつらなかったのだ。いいわ、これからはそんな笑いはよそう。よかった教えていただいて。でもお付き合いはこれまでよ。はい、さようなら。

美枝子　久子　昌子

「七十年間住み馴れた日本をあとにするには殊《こと》の外《ほか》の感慨がありましたが、娘達の必死の説得でこのたび久子の所へ引越しました」

そんな手紙をよこして、美枝子叔母はアメリカで暮らすことになった。

二人の娘達がアメリカ人と結婚し、叔母の夫は五十二歳でガンのため他界。それからは広すぎるからと家を売ってマンションで暮らしていた。

長女久子は、県立高校を出るとＹＭＣＡで英語を習い、米軍基地で電話交換手として働いていた。その時一人の男性に見そめられ、プロポーズされた。そのまま彼は米国へ帰ってしまったが、久子も彼を追った。〃×月×日の飛行機で行きますので迎えに来て下さい〟という電報を打って。
もしその時迎えに来てなかったら騙《だま》されたと思って、すぐ引き返してくる
つもりで機上の人に。
彼は来ていた。エアポートに来ていた。霧雨の中で待っていた。そして久
子の異国での生活がスタートした。ベビーもできた。だが何という運命のい
たずらか、夫は三十代の若さで昇天した。
子供を連れて日本に帰ろうか、でも、ここでも経済的には軍人恩給で十分
やっていけるので心配はいらない……といろいろ考えた。そして、日本に帰
るのは止《や》めた。持ち前の男のような気強さで頑張ることにした。
というのは、やはりアメリカ人と結婚した妹の昌子が、夫の仕事の関係
で、しばらくの間日本で暮らしていたのだ。父亡きあと母とマンションで。
そこで子供達を幼稚園に入れたら、

「ガイジン、ガイジン」

といじめられたとか。ハーフで可愛いので先生方が贔屓目《ひいきめ》で見てくれた、そのクラスの子供達は、子供心に妬み、焼きもちなどもあったのだ。

それで久子は、自分の子供もそうされるのを拒み、アメリカで今まで通り暮らすことにした。でも場所は移った。今までの都会から、恩給生活者達ばかりが住む片田舎に。

やがて昌子夫婦も、日本での仕事を終え、米国へ。美枝子は独り暮らしとなった。そして幾年月。二人の娘達は、帰国の度に母の身を案じ、アメリカに来て一緒に暮らすようにと言ってくれた。そしてとうとう、美枝子も根負け。久子の住むアリゾナへ行った。

「こちらでは今、裏庭の桃の木の花が、いっせいにきれいに咲きほこっています」そんな便りが届いた。

あなたへの詫び状

「誠に申し訳ございませんでした」

前略先生様。

私は四年前の四月、貴方様のクラスに在籍し学んでおりましたSATOHでございます。しかしその後、一年と二ヶ月で無断欠席をし続け、結局そのまま何の沙汰《さた》もなく辞めていってしまいました。もうお忘れでしょうか。

今更お手紙など差し上げる資格もないのですが、恥ずかしながら一言お詫び申し上げたく、思い切って本日お出し致した次第でございます。

あれから私は受験勉強を始め、翌年の四月、東京にある一女子短期大学の国文科へ入学致しました。その間通信教育で英会話を習ったり、英検で二級に合格したりでございました。

それにつけても、あのクラスのことが頭からはなれず、思い出しては先生に対する失礼と、申し訳なさと、自分に対する恩知らずさに赤面しておりました。そんな私の便りに、お返事などいただけなくても当然のことと思っておりましたのに、貴方様は英文で書かれたお返事をすぐに下さいました。その中に、プレゼントというきれいなハンカチも添えて。

What a glad surprised to hear from you unexpectedly.
Don’t worry about anything.
……中略……
I’m sending you a small gift hoping you’ll like it.

そう、そうなのです。当時私は十九歳。高校を出て英語を学びたくて、横浜でも屈指のY英学院に通っておりました。とても良いクラスでした。いろんな人が来ていました。

お父さんの仕事の都合でこれからアメリカのハイスクールに編入するというミス・カネダ。ガリ勉タイプのミスター・イソダ。我が儘なお坊っちゃんタイプのミスター・ヤシロ。太っていて大きな声でハキハキとしている御曹子ミスター・フカワ。ピアニスト目指し芸大に入りたいというミスター・カメダ。ホテルマンになりたいというミスター・タカムラ。エンジニアになりたいというミスター・タケシタ。次の年シカゴに行かれるというミス・タカギ。等々。

そういう人達の中で、私だけが先生を裏切ってしまったのです。まるで十二弟子の一人ユダがイエス様を裏切ったように。そして先生、貴方様は神様のようなお方です。
「誠に申し訳ございませんでした」

Y子より

H先生へ

童話

ふたりの少女

昔、とある町に、O子ちゃんとS子ちゃんという、ふたりの少女がいました。O子ちゃんの家はお金持ちで、家庭的にもめぐまれていました。にもかかわらずO子ちゃんは、そんなことを少しも鼻にかけない、素直なおとなしい良い子でした。S子ちゃんの家は貧乏で、家庭的にも暗く、無口なませた陰気な子でした。ふたりは同級生。成績はS子ちゃんの方がちょっぴり上で、顔立ちもS子ちゃんの方がちょっぴり可愛かったのです。S子ちゃんにとっては、ただそのことだけが自慢だったのです。

O子ちゃんはこの町に越してくる前は、東京の山の手に住み、私立の学校へ通っていました。でも事情でこの町に越してきてからは、近くのこの公立の小学校へ来たのです。

その学校は初めは児童の数が多く、二部授業といって午前の部と午後の部に分かれていました。

ある日、O子ちゃんとS子ちゃんが午後の部になり、授業を待っていました。

その日の午前のこと、以前から訳あって登校拒否を時々していたS子ちゃんは、その日も学校へ行くのを嫌がり、家の柱にしがみついていました。そんなS子ちゃんを、お母さんは、強い口調で叱っていました。近所の小父さんが、「まあまあ」と言って止めてくれるまで。

そして隣家の、やはり同級生だったI子ちゃんのお母さんが、I子ちゃんと一緒に、S子ちゃんも学校へ連れて行ってくれたのでした。学校へ着き、しばらくして、泣きたい気持ちもようやくおさまった頃、S子ちゃんがチラと頭を上げると、S子ちゃんのお母さんが、双児の弟達の手を引いて学校へ来たのです。S子ちゃんの心は、そのお母さんの顔を見るなり、〝あんな女の顔なんて見たくない、あんな母親なんて来てほしくない〟そういう思いがこみ上げてきました。するとI子ちゃんのお母さんが言いました。

「みろ、母ちゃん心配して見に来た」

そんなS子ちゃんのそばに、何も知らないO子ちゃんが立っていました。

PTAの会合の時、O子ちゃんのお母さんは、

「先生、Oちゃんは、私が体が弱いもので、家の事など、とってもよくやってくれるんですよ」

と言っていました。一方S子ちゃんのお母さんは、

「もう内弁慶で、家では弟達をいじめてばかりいるんですよ」

と言っていました。

　年末になり、O子ちゃんはクラスの女の子達に、

「うちでクリスマス会やるの。来る？」

と言ってまわりました。S子ちゃんも誘われたのですが、なぜか断ってしまいました。後日、S子ちゃんは、クラスの女の子でクリスマス会に行った子が、こんなことを言っているのを耳にしました。

「O子ちゃんの家、外から見たら普通の家みたいだけど、内はすっごくきれいよ、ピアノがあって。O子ちゃんのお母さん、言葉づかいきれいよ。O子ちゃんのこと、O子さんて言っているのよ」

　S子ちゃんは、私も行けばよかったと思いました。O子ちゃんの家の近くに住み、子供同士が同級生ということもあって、時々言葉をかわしていたK子ちゃんのお母さんも、いつかO子ちゃんのお母さんのことを、

「いつも和服をお召しで、ほっそりしてらして、いいお母様よ」と言ってらっしゃいました。

ある日、クラスのガキ大将で、女の子をかたっぱしから苛《いじ》めている男の子が、O子ちゃんに矛先《ほこさき》を向けると、いつもは泣いたりしない、シンの強いO子ちゃんが泣いてしまい、そのまま家に帰ったのです。次の日、そのガキ大将は校長室に呼ばれました。校長先生が担任の先生の前で、O子ちゃんにあやまらせたのです。

「ごめんな」

「うん」

二人がかわした言葉はそれだけ。あとで知ったところによると、あの日泣いて帰ったO子ちゃんに、事情を聞いたお母さんが、学校へ電話して、校長先生に言いつけたらしいのです。お母さんはそのあと、やさしくO子ちゃんをなだめてあげたことにちがいはないでしょう。

月日は流れて、早いものでふたりの少女も大人になりました。O子ちゃんは学習院を出て社長夫人となり、S子ちゃんは精神的に病み病院に入ってしまいました。

人魚の恋の物語

昔々、深い深い海の底に、人魚が住んでいました。波も酔わせる甘い歌声を聞かせながら。長い黒髪、白い肌、金のうろこ。魚達に愛されて、それは毎日幸せに暮らしていました。

ところがある日のこと、人魚が人間の男に恋をしてしまったのです。それは魚達さえ顔負けの、世界一泳ぎのうまい美青年でした。

いつもいつも、深い深い海の底で、人魚は見つめていました。うっとりと、しっかりと、はっきりと、その泳ぐ姿を。

〝ああ、何てすばらしいんでしょう。ああ、私も人間の女になり、あの方の妻になりたい〟

いくら好きでも、想っていても、所詮《しょせん》人魚は人魚。カモメさんに頼んでも、一笑に付されて、

「無理なことさ。あきらめなよ」

とどこかへ飛んで行ってしまいました。

〝もう駄目ね、私はこれから、一体全体どうしたらいいの？〟

人魚の目から、ホロホロと、涙の雫がこぼれ落ちました。

するとどうでしょう。その涙は次々と、美しいきれいな珠《たま》になっていったのです。魚の世界では女王である人魚も、今ではすっかり小さくなり、やつれ果ててしまいました。そしてその珠《たま》の、ひとつひとつにやさしく口付けして、海の底から上へと、投げ上げていきました。

今日も明日も、何も知らない若者は、大好きな海で、トビウオのような雄

姿を見せています。その時、波間に浮かんでくる宝石のようなものを見つけ、美しさに思わず一つ二つ三つ四つと取り上げて、ひもに通してまあるい輪を作りました。そして持ち帰り、恋人に捧げたのです。

「これはね、ボクが泳いでいる時に見つけたんだよ。キミにプレゼントしようと思って拾い集めてきたんだ」

「まあきれい。こんな美しい石、見たこともなかったわ。でももしかしたらこれは真珠という名の宝石かもしれないわ。以前、ママが若い頃、とっても欲しがっていたって聞いたことがあるわ。でもパパには、それを買ってあげるだけの力がなかったの」

「へええ真珠っていうの。でもどうして海の底から浮かんできたんだろう」

「ある人は、貝の中で長年、はぐくまれてできた物だというし、またある人は、人魚の涙だっていうのよ。でも人魚なんているわけないでしょう。何にしてもとてもうれしいわ。ありがとう」

ある日、青い青い海の原を、オレンジ色のヨットが、帆をひるがえしてやってきました。あの若者と花嫁のハネムーン。花嫁の胸には、あの涙の珠《たま》のネックレスが光っていました。どこまでもどこまでも、果てしなく広がる潮路で、とわの愛を固く確かめ合った二人。二人きり。誰よりも誰よりも、幸せな、幸せな二人を、人魚がただ一人、隠れてじっと見つめていました。

今も、今も、深い深い海の底で、人魚はかなわぬ恋に、ホロホロと泣き続けています。かわいそうな人魚。でも誰もどうしてもやれない人魚。その尽きぬ涙は次々と真珠になり、世界中の女達の身を飾っているのです。

詩

育児　その一

育児書によると
子供はしかるよりほめてあげることとある
もちろんしかることが必要な時もあるが
それはそれで正しいしかり方をすればいい
そうでないと子供は自分に対して
ひねた子になってしまう
他人《ヒト》に対して意地悪な子になってしまう
わたくし事で恐縮だが

母はほとんど私をほめてくれなかった
家で子供同士の喧嘩が始まる
きまって母は弟達の方を味方して
私はいつも怒られてばかり
弟達の方が悪い時だってそうなのだ
まあ男尊女卑の国に生まれ育った
宿命とでも受け流しておこうか
ＰＴＡの親子面接に来た時も
先生を前にして私を隣に
「もう内弁慶で学校では何も言えない癖に
家では弟達いじめてばかりいるんですよ」
と言った

その言葉を聞いてから私は内弁慶なんだ
内弁慶なんだと思い
この時初めて内弁慶という
言葉を知った
まあそんな母だが
めったに私などほめてくれない母だが
子供の頃ある日私が裏の家の庭で
そこの子達と縄跳びをして
遊んでいたことがあった
その時買物から帰ってきた母が
「由美子」
と私を呼んだ

「なあに？」
と私は縄を置き他の子供達に
母に呼ばれたからと家に戻った
母曰《いわ》く
「お持ちばかりやらされてるから」
ほめ言葉とは言えないかもしれないが
その一言は母からの
そして母への愛護として
後々までも私の心の中に残っている

育児　その二

私がまだ十歳かそこいらの頃だった。
母が近くにある弁当屋で働いていた。
その時〝月光仮面〟という
子供の漫画が描かれているエプロンをして。
それを見て子供達が
「あっ〝月光仮面〟だ、〝月光仮面〟だ」
とはやしたてた。
貧乏暮らしをしていて、

エプロン一つ買うのもはばかり、
恥ずかしながらも
それを身につけていたのである。
そんなある日一緒に働いていた人が
「由美子ちゃんに較べると
うちの里子なんかまだ幼いね」
と言った。
「うちの由美子は自分のことなんか
ちゃんとやるからね」
と母。
その言葉を聞いて次の日、私は家中の
洗濯物を母に言われなくてもやったのである。

「そんなことしなくてもいいのに」
と弁当屋から帰ってきた母は言った。
今のように洗濯機でやるのではなく
洗面器と洗濯板で一つ一つ洗っていったのだ。
それから間もなく、なぜか理由は忘れたが
母は弁当屋を辞めた。

我が背の君よ

東《ヒンガシ》のわらはより
西方《サイホウ》のあなたさま
いかがお過ごしなさる
つつがなくお暮らしか
いとし面影慕いつつ
今宵《コヨイ》も浜に潮《シオ》くみに
いっそ海鳥《ウミドリ》になりて
君がもと飛びて行きたや

ああ沖の彼方《カナタ》に目を寄せて
遠い外国《トツクニ》偲ぶれば
追風《オイテ》ひとつが知るにてか
赤きも裾は乱れけり

東の小島から
西方の大陸へ
涙一粒乗せて
笹舟を流したや
揺られ揺られて潮路《ウシオジ》を
浮きて沈めていず方《カタ》へ
曙の夢路なれば

君が手にこぎ入りしだに
ああ果てぬ汀《ミギワ》の真砂の上《ヘ》
かんざし取りてしたためり
砂に記《シル》せし文《フミ》なれば
波についでを頼もうぞ

祈り

今、病気《ヤマイ》でそれはそれはつらいつらい思いをしているあなた
昔、戦争《イクサ》でそれはそれはつらいつらい思いをしてきたあなた
不自由な身体《カラダ》でそれはそれはつらいつらい思いをしているあなた
私には何もわからない。何もしてあげられない。
ただただお祈りしましょう神様仏様
元気になるよう、平和になるよう、相手になるよう。
悩んだって嘆いたって始まらない。
元気になったら、平和になったら、相手になったら

愛が生まれるそこに、夢が顔出すここに。
だからだからだから、君死んじゃだめだ!!

会釈

横浜に聖光学院という
中学高校と続いた男子校がある。
下校時にこの学校へ行くと
恐縮してしまうそうだ。
何でも学校から帰る生徒達が
皆つぎつぎと会釈をしてくれるとか。
学校へ来る人は誰でも
お客様としてあつかい

そうしてくださるらしい。
創立者から受け継がれた
ジェントルマン教育か
こういう点は私立の
学校ができる一つの美点だろう。

一方やはり
横浜に神奈川学園という
中学高校と続いた女子校がある。
何を隠そう私の母校である。
ここでは朝生徒達が
校門まで来ると

校舎に向かって一礼する。
そして帰りも校門まで来たら
百八十度体を振り向かせ
やはり校舎に一礼するのである。
これはいつ頃からか知らないが
上級生達がやり出した習慣だとか
私も在学中は毎日やっていた。
学校を去って早三十六年
すっかり御無沙汰してしまっている。
今度同窓会にでも
行ってみようかしら。

Z

Zという名の頭文字
それを名家にしたファミリーネーム
日本には余りない。
Zさん、私の知り合いに一人いる。
彼女に言わせれば
通称〝ジジイよ〟と二人暮らし
すごくやさしい母だったのという。
母親は十年前に他界

姉一人、弟二人、四人姉弟
もう六十に近い彼女は
病身のため入院中
一人暮らしの父親が
月に一度面会に来る。
どういう訳かその日は
きまって調子が悪くなるとか。
温かい家庭、男の人の愛
それらに飢えていた。
母がいた頃はそれでもよかった。
他の統合失調症の患者同様に
長い休日の時は何泊か家にも帰れた。

郵便はがき

恐縮ですが
切手を貼っ
てお出しく
ださい

1 6 0 - 0 0 2 2

東京都新宿区
新宿 1－10－1

(株) 文芸社

ご愛読者カード係行

書　名			
お買上書店名	都道府県　市区郡　書店		
ふりがな お名前		大正 昭和 平成　年生　歳	
ふりがな ご住所	□□□-□□□□	性別 男・女	
お電話番　号	（書籍ご注文の際に必要です）	ご職業	

お買い求めの動機
1. 書店店頭で見て　2. 小社の目録を見て　3. 人にすすめられて
4. 新聞広告、雑誌記事、書評を見て（新聞、雑誌名　）

上の質問に 1. と答えられた方の直接的な動機
1. タイトル　2. 著者　3. 目次　4. カバーデザイン　5. 帯　6. その他（　）

ご購読新聞　新聞	ご購読雑誌

文芸社の本をお買い求めいただき誠にありがとうございます。
この愛読者カードは今後の小社出版の企画およびイベント等の資料として役立たせていただきます。

本書についてのご意見、ご感想をお聞かせください。
① 内容について

② カバー、タイトルについて

今後、とりあげてほしいテーマを掲げてください。

最近読んでおもしろかった本と、その理由をお聞かせください。

ご自分の研究成果やお考えを出版してみたいというお気持ちはありますか。
ある　　ない　　内容・テーマ（　　　　　　　　　　　　）

「ある」場合、小社から出版のご案内を希望されますか。
する　　しない

ご協力ありがとうございました。

〈ブックサービスのご案内〉
小社書籍の直接販売を料金着払いの宅急便サービスにて承っております。ご購入希望がございましたら下の欄に書名と冊数をお書きの上ご返送ください。
●送料⇒無料●お支払方法⇒①代金引換の場合のみ代引手数料¥210（税込）がかかります。②クレジットカード払の場合、代引手数料も無料。但し、使用できるカードのご確認やカードNo.が必要になりますので、直接ブックサービス（☎0120-29-9625）へお申し込みください。

ご注文書名	冊数	ご注文書名	冊数
	冊		冊

母がいなくなってからは
ジジイ一人の家には姉弟達も
なじめず寄りつかずだ。
ああお母さん、あなたのいる所へ行きたい。
えっ六十近くにもなって
お母さんお母さんと言うなって
そんなこと言っちゃだめよ
いくつになっても
お母さんはお母さんなのだから
ザマアミロZじいよ
わがままもいいかげんにしろ
なるほど君はアルファベットの最終便

滑走路のあかりがだんだんと動き出せば
光に照らされて離されていく過去
慕ってくる未来だってあるはずでしょうに。

海

私が海を好きになったのは
世界一泳ぎのうまいあの男《ヒト》を
好きになったからである。
たとえば
ジュディ・オング氏の〝魅せられて〟という歌にも歌われた
あこがれのエーゲ海

ヨーロッパの貴族　ハネムーンで
一周したという
明るい地中海

祭の日にはその民族が
激しく踊り狂う
情熱のカリブ海

今日も豪華な客船
港々を行き来する
おだやかな太平洋

その海峡を水泳の選手が
アメリカからロシアまで
泳ぎ切ったというベーリング海

その夜明けと日没が
何とも言えず神秘的な
幻想のインド洋

高校時代先生が
一度は見るようにと言われた
岩打ち砕く波日本海

ああ、そのどれもこれもが
あの人への想い
一緒におとずれたい
恋心があったればこそ

七五三

父は地方公務員だった
今はともかく昭和の初期頃は
普通のサラリーマンの三分の一しか
月収はなかった
それなのにそれだけの給料の下《もと》で
一家六人が暮らしていたのである
だから家族皆で
レストランへ行ったり

旅行したりとかの
贅沢はできなかった
でも古いアルバムを紐解《ひもと》いてみると
私の三歳の七五三の写真が残っている
着物を着て父と手を繋いで写っている
母は弟達の世話で忙しく
出られなかったので
父が私を連れて小一時間もかかる
神社へ行ってくれたのだ
貸衣装でもよかったのに
ちゃんと反物を買ってきて
お針ができた祖母が

縫ってくれたという
小さな足袋　草履　そして髪飾り
それを見るたび父母祖母の
愛情　ありがたさ　温もりを感じる
ちなみに七歳の時は
やはり着物を作ってもらい
祖母　弟達二人　私が
近くの写真館で撮った記憶がある
祖母がおしゃれな和服を着て
私は写真屋さんに持ち方を
直された扇を手に
弟達は伯母が編んでくれたという

お揃いのセーターを着て
この時弟達は五歳
五歳の節句であった
にもかかわらず
小さい男の子用のスーツなど
貧乏暮らしではあつらえても貰えなかった
でも五歳の双生児にはまだ
それを不服とする知恵などなく
椅子の真ん中に座り
左右を嬉しそうに見やる
祖母の両側にもたれていた
私はそのうしろに立ち

やはりうれし気だった
それらの幼き頃の写真
あまり残っていないが
セピア色に化した
当時の我が家の模様が
走馬灯のように
移りかわっていく宝物である

父　その一

「さっさと支度《したく》すりゃあいいのにねぇ」
病身の私が二階の自室で寝ている。
ある朝具合が悪くなった時
一階の部屋で寝たいと言った。
そこには両親兄弟がいるから
少しは心強いのだ。
どこにでもある朝の風景
紅茶の香りトーストの匂い

我が家の朝はそれで始まる。
ごはんと味噌汁で始まる所もあろう。
洗面が済み食事が済む
それぞれ通勤通学の支度
「いってらっしゃい」といつもなら。
でもその日は違った。
父がなかなか支度をしないのだ。
「さっさと支度すりゃあいいのにねえ」
私がいたからだ。
子が親を思うことより
親が子を思うこと強し。
つらい思いをして病身を

横たえている娘を残して
勤務先の区役所へ
行くことはさぞかし辛いことだっただろう。
それこそずる休みでも
したかったであろうに
結局遅ればせながらも
父は出かけて行った。
そして帰りの時刻。
父が残業もせず定時がくると
誰よりも早く帰路についたことは
言うまでもない。

父　その二

私が生まれて育った町は
ラジウム温泉で有名な綱島
東京の奥座敷とも言われたことがある。
私がまだ小さい頃は
町のいたる所に旅館が立ち並んでいた。
あかりが点《とも》る頃になると
どこからともなく三味線の音色。
芸者さんの姿などが見かけられた。

家にまだ風呂がなかった時分は
週に何日おきかで、近くの銭湯へ
行ったものである。
ある日父母も弟達も行き
どういう訳か祖母と私だけが
家に残っていた二十三の日
祖母が帰って来た者達に言った。
「みんなが行ってしまうと、
由美子があわれになってしまう」
昼間ならともかく夕暮れ時だったので
余計祖母と二人だけが残されると
何か恐さのようなものが

幼い心にわき出てきたのであろう。
それを聞いてから父は
家に風呂を作った日まで何年もの間
一度も風呂には行かず
家にいてくれるようになった。
夏のどんなに暑い日も
冬のどんなに寒い日も
家にいてくれたのである。
ただただタオルで体を拭くだけで
私があわれになることのないように
ただただ、それだけのために。

父　その三

「由美子大丈夫か」
「大丈夫よお父さん、心配しないで」
いつのことだったか、あれはもう
四十年も前のことだったただろうか。
少女から娘へと体も変わりつつある
年頃のこと。
　風呂から上がり下着をつけたとたん
私は風呂場の外へ倒れ込んで

しまったことがあった。
台所で夕飯の支度をしていた母が
その音で振り向き
「どうしたのよ」
と言い座敷でテレビを観ていた父を呼んだ。
何事かとすぐに来た父に
母は事の次第を知らせた。
「じゃあそっち持ちな」
と母に私の肩を持つように言い
自分は足の方を持った。
そして私は座敷へと運ばれた。
父は駆けるようにして押し入れから

ふとんを出し敷いてくれた
父とはいえ男、娘とはいえ女
下着をつけたあとでよかった。
まわりの景色がまっかに見えた
　今のように各家庭に
電話が普及していなかった頃なので
救急車も呼べず
私はただふとんに寝かされて
自然に治っていくのを
待つよりほか仕方がなかった。
　そういう出来事があって以来
父は私がいつもよりちょっと

風呂から上がるのが遅いと
風呂場までそおっと来たのである。
そしてくもりガラスに
私が立って体を拭いているのが映ると
安心して戻って行った。
また音もなく湯船につかっている時などは
ほんの少し戸を開けて
中の様子を窺ったりもした。
　そんなことをされると
うぶな私は裸を見られたような
気持ちで父のことを嫌った。
「由美子大丈夫か」

「大丈夫よお父さん心配しないで」
この二つの台詞《せりふ》が言えなかった。
お互いに言い合えなかった。
どうして？
恥ずかしくて。
ただそれだけのために。
大人になって父のこの時の心配さ私への愛。
それがわかってからは
感謝こそすれ嫌うようなことはない。

あとがき

読者の皆様、拙文をお読みくださり、まことにありがとうございました。作品とは全く関係のないタイトルに、不審の念をいだかれた方も、多くいらしたことでしょう。でもこの中に書かれている作品の、一語であっても、あなた様が何事かにつけ、共鳴してくだされば幸いと存じます。

中高年の自殺者の多い中、どこかの書店でこのタイトルの本を見つけ、思いとどまってくださる方の、お一人でも多くあらんことを念じつつ、ペンを置かせていただきます。

二〇〇四年三月

佐藤　由美子

著者プロフィール

佐藤 由美子（さとう ゆみこ）

1949年(昭和24年)神奈川県横浜市に生まれる。
実践女子短期大学国文科中退。
人間としてのやさしさと生きることの重さを主題にした、エッセイ、詩、童話等の創作に励んでいる。

君、死んじゃだめだ!!

2004年7月15日　初版第1刷発行

著　者　佐藤 由美子
発行者　瓜谷 綱延
発行所　株式会社文芸社
〒160-0022　東京都新宿区新宿1－10－1
電話　03-5369-3060（編集）
03-5369-2299（販売）

印刷所　株式会社エーヴィスシステムズ

ISBN4-8355-7600-4 C0095